Virtual Dominante

Coleção Dominação Erótica

Erika Sanders

ERIKA SANDERS

Virtual Dominante

Erika Sanders
Serie
Coleção Dominação Erótica

Sinopse

Samantha é uma grande programadora de computador cujo propósito é criar um programa de RV (Realidade Virtual) com o qual subjugar e dominar os sujeitos que o usam.

Por meio de programas de hacking, ele tenta localizar jovens sem família e que tenham tendências submissas e bissexuais para testar sua invenção.

Por conta disso, ele localiza três companheiros (Paul, Diana e Virginia) a quem aluga um quarto, cada um deles, em sua casa.

Virtual Dominante é um romance com forte conteúdo BDSM erótico e, por sua vez, um novo romance pertencente à coleção Dominação Erótica, uma série de romances com alto conteúdo BDSM romântico e erótico.

(Todos os personagens têm 18 anos ou mais)

Nota sobre a autora:

Erika Sanders é uma conhecida escritora internacional, traduzida para mais de vinte línguas, que assina os seus escritos mais eróticos, longe da sua prosa habitual, com o seu nome de solteira.

Índice:

VIRTUAL DOMINANTE
ERIKA SANDERS

PRIMEIRA PARTE

CAPÍTULO 1

Em um dos cômodos do andar de cima da casa isolada, silenciosa e suburbana de tijolos, Samantha se olhou no espelho do quarto.

Ela usava uma saia curta, meias longas, uma regata branca e um sutiã verde claro, bem visível sob a blusa que combinava perfeitamente com sua pele macia em tons escuros.

Seu cabelo preto brilhante estava solto em mechas, e ela o deixou balançar livremente.

Perfeito.

Ele abriu a porta do quarto e ouviu do outro lado da casa.

Os únicos sons vinham da sala de estar, onde seu tímido e lindo colega de casa Paul podia ser ouvido jogando.

Samantha desceu as escadas e se sentou no sofá confortável ao lado dele.

Seu primeiro objetivo, aqui, à sua disposição.

Seu coração disparou.

Suas câmeras secretas já haviam gravado o menino nu, se masturbando, mesmo em um pequeno cativeiro onde ele gostava de fazê-lo.

Ela queria aquele corpo.

Eu até precisava disso.

Ele precisava que fosse dela.

Mas acima de tudo, ela precisava de sua mente.

***

Ela esperou até que as outras duas colegas de casa estivessem fora no fim de semana para armar sua armadilha.

Paul seria o primeiro caso de teste real para seus óculos de realidade virtual muito especiais.

Exceto ela mesma, é claro.

Samantha era um gênio.

Ela teve o cuidado de esconder esse fato desde tenra idade, e a morte prematura de seus pais dois anos atrás, quando ela tinha dezoito anos, a deixou sem orientação, mas com uma grande herança e uma bela casa em um subúrbio de Manchester.

Ela tinha os recursos de que precisava para tornar o mundo seu; tudo o que faltava eram alguns assuntos de teste.

Ele havia recrutado cuidadosamente companheiros de casa sem família, poucos amigos e fortes tendências submissas, e os atraiu com aluguéis baixos para quartos em sua bela casa.

Seu primeiro ano na universidade permitiu que ele aperfeiçoasse sua tecnologia experimental.

Agora, já no segundo ano, ela já havia passado do curso, mas estudar ciência da computação e psicologia permitia que ela analisasse a realidade virtual, sugestões, hipnose e todos os outros componentes de que precisava, tudo sob a cobertura de um estudo legítimo.

Ela se perguntou se outras pessoas como ela haviam feito os mesmos links, tentado as mesmas abordagens e como ela poderia encontrá-los.

Mas, primeiro, ele precisava testar se a tecnologia realmente funcionaria.

***

"Estou entediado com este jogo, Paul. Quer tentar outra coisa?"

"Apenas me deixe terminar este nível."

"Mas Paul! Estou muuuuito entediado. Por favorooooo?"

"Eu..."

"Por favorooooorr?"

Ela esperava que esta fosse a última vez que ela teria que dizer isso a ele, e ela moveu algo para que ele pudesse ver um pouco mais abaixo em seu decote.

Funcionou o tempo todo.

"S ... Sim, bom. O que você quer jogar?"

"Estou pronto para deixá-lo experimentar o meu jogo, está bem?"

"O quê, sério? Achei que você tivesse desistido disso"

"Eu só precisava de um tempo para obter a versão beta correta. Você me conhece, sou um perfeccionista típico."

"Você poderia ser acusado disso, sim."

"Não exagere. Vamos subir, os copos estão aí."

* * *

Samantha fez Paul se sentar na beira de sua cama de carvalho bem construída no meio de seu quarto espartano, enquanto ela tirava os óculos.

Ela estava feliz que ele desistisse tão facilmente.

Combinava com o perfil que ele tinha de se sentir confortável dominado por mulheres confiantes como ela.

Não pela primeira vez, ela deu uma olhada e admirou seu corpo, o físico de um nadador ligeiramente tonificado, com belos braços e um pescoço esguio.

Cabelo curto, pode fazê-lo crescer um pouco, e alto, mas não muito alto.

Um bom ajuste para o lugar do seu primeiro escravo.

* * *

Ele inicializou o poderoso computador de mesa que usava para design e programação de jogos e entregou a Paul os óculos de realidade virtual para colocar.

Em seguida, alguns controladores de movimento para ele segurar - eles eram projetados por ele mesmo.

Ele parecia pronto e disposto e ela sentiu o suor começar a escorrer de sua testa.

Era realmente isso.

Não há como voltar atrás.

"Comece seguindo o mestre do quebra-cabeça, que sou eu, e faça o que ela diz. Vou monitorar a partir daqui. Deixe-me saber o que você pensa enquanto prossegue."

Paul acenou com a cabeça, sorrindo e entusiasmado, e Samantha carregou o programa.

Ele realmente não queria nada mais do que desligar tudo naquele momento, segurar Paul, algema-lo à cama, tirar suas roupas e cavalgar seu rosto até que estivesse exausto.

Até ele poderia estragar se ela simplesmente pedisse, mas esse não era o ponto.

Ela deixou a imagem mental passar.

Há tempo suficiente para isso se funcionar.

* * *

Samantha nunca se perguntou se essa era a coisa certa a fazer.

Ela havia testado os óculos em si mesma, programando-os para fortalecer a visão de que ela era um ser superior e que os outros deveriam segui-la.

Isso a livrou de suas dúvidas remanescentes.

Agora ele estava livre para governar escravos.

Mas Paul faria?

* * *

O programa começou e Samantha observou Paul seguir de bom grado as instruções do professor do quebra-cabeça.

Ele estava sozinho, todo vestido de rosa, lá na cama, fazendo o que ela mandou fazer virtual.

Samantha sentiu um calor na virilha.

Seu avatar guiou o menino em tarefas simples: combinar blocos de quebra-cabeças, equações matemáticas básicas e continuou a instruí-lo, adicionando mais movimentos e mais complexidade, e dando mais elogios a cada quebra-cabeça que ele resolvia.

Ele era um bom matemático, esse era seu título, e isso mostrava, embora, depois que ela o escravizasse, planejasse colocá-lo em um caminho diferente.

"Há falhas gráficas às vezes", disse Paul, "devo parar?"

"Não! Quer dizer, eu vejo, me ajudaria muito se você continuasse. Por favor?"

"Claro! O show é ótimo. Eu só pensei que você poderia querer consertá-lo."

"Eu preciso de mais dados, continue enquanto você puder."

Paul apenas acenou com a cabeça.

As falhas faziam parte do programa de Samantha, projetado para mexer com os centros de recompensa e motivação do sujeito, abrindo-o para novos insumos.

Todas as novas entradas eram para os propósitos de Samantha, e um problema diferente desencadeou uma dose de dopamina.

Ele estava tentando, em essência, fazer o garoto viciado seguir suas ordens, mas as implicações eram muito mais profundas do que isso.

Por conta própria, ele pensou que o que os óculos estavam fazendo poderia ser suficiente para seus objetivos durante uma exposição lenta de cerca de um ano, desde que repetida todos os dias.

Ele não tinha muito tempo, pois queria uma escrava agora.

Na verdade, ela era uma deusa.

Ela merecia uma escrava agora.

Ela disse a Paul para ir em frente e entregou-lhe uma garrafa de uma bebida energética doce para mantê-lo vivo.

Ele estava jogando há apenas meia hora, mas engoliu em alguns goles, para a alegria de Samantha.

Ele havia tomado a dose completa, sem saber.

O açúcar disfarçava o sabor, mas a água era misturada com um coquetel de drogas, algumas para ajudar a abrir a mente de Paul, outras para ajudá-la a domá-la, se necessário.

Seu último recurso foi uma grande dose de rohypnol - caso ele tivesse que fazê-la esquecer tudo.

Ela diria a ele que eles dormiram juntos e ele desmaiou novamente.

O menino acreditaria em qualquer coisa que ela dissesse a ele.

* * *

Paul ficou quieto alguns minutos depois e Samantha corou de empolgação.

Ela intensificou o programa na segunda de suas três fases, fechando as cortinas para que nenhum olhar curioso pudesse ver o que aconteceria a seguir.

O novo avatar de Samantha estava vestido com couro justo, como uma de suas roupas reais.

Sexy, mas não completamente fora do comum.

O show fez Paul deitar na cama e começar a resolver quebra-cabeças relacionados à forma feminina.

Samantha o observou fazer isso voluntariamente, e os problemas técnicos ficaram mais fortes a cada novo problema, forçando a mente do menino a se submeter mais profundamente.

Samantha começou a digitar o comando para pular para o nível três, mas se conteve a tempo.

Ela teve que esperar.

A mente do alvo precisava estar totalmente aberta antes que o nível três começasse, ou então as ordens que mudariam sua vida atingiriam algumas defesas psicológicas profundamente arraigadas.

Mesmo assim, Paul estava imóvel e drogado, deitado na cama, de óculos.

Ele não conseguia ver nada que Samantha estava fazendo na vida real, e não havia como ele sair da cama, então ele poderia fazer o que quisesse.

Ela tirou a calcinha da saia e começou a se masturbar livremente.

***

Paul levou mais uma hora para completar o nível dois.

Samantha gozou em silêncio, com respirações cuidadosas, enquanto ele estava deitado na cama, cada vez mais suscetível ao controle dela.

Ele checou seu telefone várias vezes, procurando alertas dos rastreadores que ele instalou nos dispositivos de seus outros colegas de casa avisando que eles estavam chegando.

Os dois ainda estavam a cento e cinquenta ou mais quilômetros de distância, visitando amigos de escola dos quais estavam gradualmente se afastando.

Eles não tinham mais família real, ninguém que realmente sentisse falta deles ou notasse a diferença em seu comportamento depois que ela os escravizasse também.

Ela ansiava pelo dia em que eles precisassem apenas de sua companhia, mas voltou sua atenção para Paul.

***

CAPÍTULO 2

Ele apertou o botão para o nível 3, pegando uma arma de choque importada ilegalmente e a seringa de rohypnol pronta para o caso de ele reagir mal contra o novo nível.

Ele estremeceu e gorgolejou quando seu programa removeu o último pedaço de sua resistência mental.

Então ela congelou na cama quando seu avatar de software, agora completamente nu e completamente exato para ela, disse a ela para não mover um músculo, não piscar, ou piscar, exceto respirar.

* * *

O Nível 3 apresentou a Paul seu novo papel na vida.

Ele foi criado para resolver quebra-cabeças que foram fundidos em imagens 3D dele servindo Samantha, seguindo suas ordens e geralmente se submetendo a ela em todas as coisas.

O programa induzia uma grande dose de dopamina toda vez que ele completava um dos quebra-cabeças e começava a introduzir um elemento auditivo.

Este elemento lhe disse que ela tinha que jurar lealdade a ela, jurar manter sua escravidão em segredo absoluto, a menos que ela expressamente lhe desse permissão para dizê-lo, jurar servi-la, jurar abandonar seus próprios objetivos em favor daqueles que ela deu a ele.

Samantha ficou maravilhada ao ver o homem nervoso e indefeso enquanto as horas se alongavam e os óculos faziam seu trabalho.

Seu corpo estremeceu com cada novo impulso submisso que eles deram a ele, até que ele estremeceu e estava pronto para o implante final.

Samantha foi até ele e falou em seu ouvido.

"Enquanto você me servir fiel e bem, seu coração ficará feliz e sua mente estará completa. Você agora é minha propriedade. Eu sou o dono do seu corpo, sua mente, sua alma e tudo o mais que você tiver. Eu sou o dono de tudo que você é e de tudo. o que você será. Relaxe em meu serviço. Relaxe em minha propriedade. Relaxe em sua verdadeira natureza, como minha escrava. Relaxe, relaxe, relaxe. Dê-me o controle. Relaxe. Você agora é meu escravo. Seu único propósito na vida é me servir. " .

"Agora sou seu escravo", disse Paul.

Samantha sorriu, seu coração transbordando de vitória.

O poder pulsou através dela, uma carga elétrica que colocou seu corpo no limite, formigando.

"Paul, tire os óculos e fique de pé no chão onde estou apontando."

"Sim, deusa", respondeu ele.

E Samantha ficou emocionada ao ouvi-lo usar o título correto.

"Tire a roupa", disse ele.

Paulo estremeceu ao fazê-lo, o que poderia ser medo de sua escravidão, ou poderia ter sido um sinal de resistência.

Samantha tinha a arma de choque na mão para o caso de algo dar errado, e ela tremia de adrenalina enquanto o garoto ficava completamente nu.

Ele ficava ainda melhor nu - magro e em forma, com um belo pau e bolas de tamanho médio que ficariam ótimas em qualquer roupa ou apenas em exibição.

Ela teria que deixá-lo ficar com os pelos do corpo por enquanto, pelo menos até que ele escravizasse os outros colegas de casa ...

"Posição de exibição um", disse ele.

Paul estava parado com os pés afastados e as mãos atrás das costas, olhando com confiança para sua nova deusa, mas ainda tremendo.

Ela ronronou em sua obediência.

Sua capacidade de preencher o cargo era um grande sinal: ele havia absorvido instruções detalhadas do programa.

Samantha se aproximou um pouco mais, depois um pouco mais perto, procurando sinais de violência ou desobediência.

Na verdade, o menino escravo ainda estava tão alto que mal conseguia resistir.

E ainda tremeu um pouco.

Samantha cheirou, cheirou.

A programação o fez suar ali na cama.

"Exibir a posição quatro", disse ele.

Ele caiu no chão e se afastou dela, então ergueu a bunda no ar e a apresentou a ela, tremendo.

Ela não precisava dele agora, então ela ordenou que ele se arrastasse até o banheiro assim e se banhasse sozinho.

A forma como seu pênis e bolas quicaram a fez salivar, e ela se perguntou se deveria mantê-lo rastejando durante todo o fim de semana.

Provavelmente não, ele não deveria ir longe demais enquanto sua mente ainda pudesse resistir.

* * *

No ar quente do banheiro grande e limpo com ladrilhos brancos, ela observou enquanto a escrava se banhava e lavava o horrível cheiro de suor.

E quando o elogiou por fazer um bom trabalho, pareceu-lhe que o sorriso era real e sincero, um verdadeiro escravo que reconhece a aprovação de sua deusa.

Samantha estava ficando cada vez mais molhada enquanto examinava sua propriedade e agora não podia esperar mais.

"Escrava, para o meu quarto, por trás, na cama."

"Sim, deusa."

Ele continuou rastejando lá sem ser mandado.

A mente racional de Samantha apontou que este era um bom sinal, um sinal de que ela sempre tinha sido uma submissa natural e era daí que tudo vinha.

Assim que o colocou na cama, ela acorrentou seus braços e pernas à robusta estrutura da cama de carvalho, então tirou a saia, mas manteve o resto da roupa vestida.

Ela achou que ele parecia desapontado, mas não importava.

A opinião de um escravo não foi considerada.

Samantha pulou na cama e se empoleirou em seu novo brinquedo, de pé com as pernas abertas, bem sobre o rosto.

Ela estava com medo de que ele pudesse mordê-la, então ela saiu da cama e puxou uma mordaça de anel de uma mesa lateral, em uma gaveta que costumava manter fechada.

Ela amarrou a mordaça no rosto e o lambeu.

Ele estava realmente indefeso agora, mas não faria mal reforçar sua autoridade.

"Escravo Paul, posso fazer o que eu quiser com você. Vou sentar no seu rosto e você vai me fazer gozar, correr e correr. Qualquer resistência e eu vou chicotear e torturar em sua amarração. Se você tentar me morder, postarei fotos suas amarradas. e desamparados na Internet, e vou garantir que todos que você encontrar possam vê-los. No entanto, se você obedecer com entusiasmo, vou lhe dar uma recompensa. Sei que você está ansioso por isso. "

Com o pescoço de Paul esticado para tentar alcançar sua boceta, Samantha pisou nele novamente e plantou sua bunda redonda e suculenta em seu rosto.

A língua dele atingiu a fenda amplamente, então ela falou com ele sobre o que ela queria.

Quando ela conseguiu que ela tivesse um padrão de amida de cima para baixo, ela foi capaz de relaxar mais.

Com a mordaça do anel, quase não havia chance de ele morder, mas a desobediência parecia ser a última coisa em sua mente.

Sua língua acariciou seu clitóris, sua vagina e seu ânus em igual medida.

Samantha ficou animada e deixou que o prazer a envolvesse.

* * *

Ela estava preocupada, muito preocupada, que isso desse errado, sobre arruinar a vida de Paul, sobre sua vida, sobre ser pega, sobre sua invenção não funcionar como planejado.

Ela realmente sempre teve sucesso nos testes.

Testar o dispositivo em si mesma, para remover o que restava de sua mente não dominante, tinha sido um grande sucesso, e agora, aqui estava ela, cavalgando o rosto de sua própria posse humana.

Lambeu como lhe foi ordenado, sem desvios, sem surpresas.

Sem vontade própria.

Seu único medo agora era que ela pudesse tê-lo deixado muito atordoado.

* * *

Samantha engasgou.

Ela era uma deusa e aqui estava sua escrava leal.

Seus sucos cobriram seu rosto e sua língua manteve seu hábil dever.

Ela se achatou sobre ele um pouco mais, sufocando-o, então ele teve que respirar fundo através de seu sexo, e a sensação do ar entrando e saindo a trouxe para mais perto do limite.

Ela poderia treinar esse menino para fazer o que quisesse e, com o tempo, ele aprenderia todos os tipos de maneiras de agradar.

Mas agora ...

Mas agora ...

Oh!

Ela gozou forte e de repente, e o menino escravo gaguejou quando o orgasmo da deusa encheu sua boca e ameaçou cortar seu ar completamente.

* * *

Samantha se mexeu ligeiramente e o deixou respirar, mas insistiu que ele continuasse lambendo enquanto o clímax pulsava e corria por seu corpo.

Ele nunca hesitou em obedecer, e ela teve a maravilhosa sensação de uma língua que possuía, ligada a um menino que possuía, enquanto a levantava acima da tensão que sentira a semana toda e a deixava cair no puro prazer.

Era o paraíso da dominação.

Seus olhos pegaram o pênis do garoto se contorcendo, e ela o viu ficar cada vez mais duro, deixando seu rosto cada vez mais úmido.

Foi realmente muito natural.

* * *

Samantha decidiu permanecer sentada em seu novo trono enquanto o clímax passava.

Sua escrava nunca parava de lamber, e logo ele sentiu os primeiros sinais de outro orgasmo começando a crescer.

Sua pele formigou, e ela sentiu o fluxo de sangue em todos os lugares espinhosos que significava que ela estava realmente excitada.

Ele voltaria muito em breve!

A língua do escravo continuou prestando atenção em todos os seus lugares mais íntimos, até que ela ordenou que ele se concentrasse em seu clitóris e gritasse outro orgasmo enquanto segurava sua cabeça no lugar e batia nele.

A nova Senhora saiu de seu escravo depois que ele prestou um pouco mais de atenção em seu ânus, então se deitou ao lado dele e agarrou seu pau duro como pedra.

Ela removeu a mordaça e viu sua mandíbula voltar à vida.

Então ele preguiçosamente acariciou seu pênis e o menino girou e torceu enquanto sua deusa brincava.

Ela sabia o que estava fazendo, então ela demorou e deixou o garoto chegar perto do clímax algumas vezes, mas recuou no último segundo.

Quando ficou com fome e desesperado, lançou sua armadilha.

"Você pode vir se jurar sua lealdade eterna como minha escrava e pedir por isso como recompensa. Ok?"

"Sim, deusa."

"Pergunte então."

"P- p- por favor, d- d- deixe-me gozar d- d- deusa, e eu juro minha lealdade eterna a você como sua- sua escrava."

"Bom rapaz!"

Samantha o fez jurar mais algumas vezes apenas por diversão, então ela agarrou seu pau e começou a empurrá-lo cada vez mais rápido.

O menino engasgou com o aumento repentino de intensidade, e Samantha o viu tentando respirar e ouviu o orgasmo se conter.

Ela ordenou que ele parasse de fazer isso e rapidamente modificou a ordem especificando que ela pretendia parar de se conter, já que ele havia parado de respirar completamente.

Ela pode tê-lo tornado muito complacente, mas um pequeno ajuste no programa poderia corrigir isso.

Seus olhos se arregalaram quando o pau de Paul esguichou no ar e se espalhou sobre os corpos de ambos, entretendo-o, fazendo-o lamber seu dedo.

* * *

Ele o alimentou com o máximo de colheres de sopa de sêmen que conseguiu encontrar, depois verificou duas vezes suas algemas, deu-lhe mais água drogada e colocou os óculos de realidade virtual de volta ao nível três.

Com o menino indefeso em segurança na cama, bebendo mais mensagens subliminares e hipnose, ele se sentou à mesa e começou a planejar seus próximos movimentos.

CAPÍTULO 3

Ela tinha um longo fim de semana pela frente: o sábado estava apenas começando, e Diana e Virginia não deveriam voltar antes da noite de domingo.

Diana, eu a reservaria até o fim.

Ele tinha uma ideia aproximada de como enfiar aquela garota curvilínea com cabelos castanhos ondulados nos óculos, mas percebeu que precisaria que Virginia a tentasse, talvez como uma forma de se aproximar da garota que ele queria.

Samantha sabia que a curvilínea Diana era louca pela garota esguia e andrógina Virginia, e não podia culpá-la.

Uma pequena invasão em seu computador revelou a bissexualidade de Diana, e isso a tornava perfeita para ser escrava de Samantha.

Ela selecionou todos os seus companheiros de casa com base nisso: ela esperava que todos fossem encore, como ela.

Mas apenas da Virgínia, a adorável Virgínia, ela tinha certeza disso.

Samantha teve que escravizar Virginia em seguida.

Em algumas semanas, uma oportunidade surgiria, quando ela soube que Diana estaria viajando novamente, visitando alguns amigos em sua própria casa.

Com Paul sob seu controle, ele poderia ordenar que ele começasse a brincar com os óculos sem avisar e despertasse o interesse de Virginia.

Ele pensou que a deixaria experimentar seus óculos para fazer parecer que ele estava dando a Virginia algo para conversar com ele, e uma vez que ela fosse escravizada em segurança, ele poderia deixá-los fazer amor como secretamente desejassem.

Ela não tinha planejado o triângulo amoroso entre suas três colegas de casa, mas isso tornou as coisas mais fáceis.

* * *

A jovem deusa deixou passar mais duas horas, então questionou Paul para avaliar a extensão de sua submissão.

Ela decidiu que já estava satisfeita o suficiente e o deixou escapar das algemas, sempre com a arma de choque em punho, agora em um coldre com um cinto em volta da cintura.

* * *

Ela desceu com Paul e depois de fechar todas as cortinas da casa, ordenou que ele começasse a limpar os quartos do andar de baixo, e não parasse até que ela tivesse terminado tudo da lista que ela deu a ele.

Havia horas de trabalho lá, mas Samantha tinha tempo e seu vibrador à mão.

Ela planejava curtir o show.

* * *

Paul obedientemente ajoelhou-se e começou a esfregar o duro piso de madeira da sala de estar.

De lá, iria para a cozinha anexa, depois para a sala de jantar.

Todos eram quartos agradáveis, luminosos e arejados, com muitos móveis, recantos e recantos.

Um pequeno desafio para ele limpar todos eles.

Samantha deu uma risadinha quando o pau e as bolas do garoto saltaram e sacudiram enquanto a escrava trabalhava nos pontos e marcas mais difíceis, fazendo o seu melhor para tirá-los.

Seu novo proprietário planejou que ele trabalhasse até que o chão brilhasse como novo.

Ela se sentou no sofá, abriu as pernas e deixou o vibrador fazer o seu trabalho enquanto ela assistia ao show.

Ele estava realmente se esforçando.

Ela enrubesceu de orgulho e luxúria: sua invenção fora um sucesso.

***

Paul esfregou e esfregou, e Samantha ofegou por um orgasmo enquanto ele trabalhava diligentemente.

Ela não se importou que ele a observasse furtivamente.

Ele veria tudo o que ela tinha para mostrar, quantas vezes ela quisesse, e nem por um segundo seria outra coisa senão sua escolha, suas regras, sua maneira de fazer as coisas.

Ele manteve o orgasmo enquanto pôde, então ligou a televisão e colocou um filme.

Paul terminou o chão e foi trabalhar na pequena cozinha, que Samantha podia ver do sofá.

Ela achou que não parecia tão sexy limpando a cozinha, mas tudo bem.

Ele tinha que fazer isso, e ela estava mais interessada no filme na época de qualquer maneira, então ela o deixou continuar com ela.

Mais uma hora se passou e o menino nu voltou para a sala e começou a espanar.

Ele espirrou, que fofo, e tossiu enquanto desenterrava meses de poeira acumulada e aquilo o alcançava.

Samantha teve que admitir que ficou impressionada com sua dedicação implantada.

Ela esperava que seus outros companheiros de casa fossem tão fáceis de escravizar.

***

Já era tarde da manhã quando percebeu que o menino começava a desacelerar e perder o ritmo que estava tomando com o polimento.

Ela observou por alguns minutos, fazendo anotações mentais, e quando teve certeza de que o menino não estava mais totalmente dedicado à tarefa, seu coração começou a bater forte.

Ele respirou fundo, depois outro, depois outro, até que estava de volta ao controle total.

"Escravo, o que é?" ela perguntou.

Paul largou o pano de polir sem ser mandado e se virou para olhar para ela.

Samantha o observou tentar se levantar e falhar, então ela ordenou que ele se levantasse.

Ele obedeceu e se afastou dela, indo para um canto da sala.

Ela sacou a arma de choque.

"Escravo? O que há de errado com você?"

"Eu já n- n- n- não quero fazer isso."

"Sim, você pode, escravo."

"Sim, deusa. N- n- n- não, deusa. Samantha. Deusa. Sim. Não. Eu-"

"Cale-se".

"S-"

"Vá lá para cima e deite na minha cama, agora mesmo."

"N-"

"Agora!"

Ele o fez, mas ela viu que ele estava tremendo e perdendo o equilíbrio enquanto avançava.

* * *

Uma vez que ele estava na cama, ela soprou a arma de choque para ele e o observou ficar parado.

Então ela o acorrentou à cama com as pernas abertas e pensou no que fazer a seguir.

Ela não estava preocupada com ele pedindo ajuda, já que a casa era com vidros triplos e totalmente à prova de som.

Mas algo não estava certo.

CAPÍTULO 4

Se ela injetasse agora, ele poderia esquecer isso, mas pode ter passado muito tempo desde que os óculos começaram a funcionar.

Se ao menos eu tivesse visto antes, mas não houvesse nenhum sinal.

Ela poderia usar os óculos para guiá-lo pela sequência novamente, mas tentar a mesma coisa duas vezes pode não ter sucesso.

Isso poderia aumentar a dose do coquetel de drogas a um nível perigoso e também aumentar a intensidade dos copos.

Isso poderia funcionar, ou poderia matá-lo, o que seria o pior resultado que ela poderia imaginar.

Ela sabia em seu coração que esse menino precisava ser seu escravo e viveria uma vida feliz como sua propriedade.

"Eu pensei que você queria ser minha escrava?" ela sussurrou em seu ouvido.

"Eu d-" ele disse, cuspindo duas sílabas e então se lembrando do comando para ficar em silêncio.

"Você pode falar livremente, escrava," ele disse.

"Eu quero ser sua escrava, deusa. Eu o amo desde que conheci você."

"Por que você está lutando contra isso então? Você é uma submissa natural, eu sou uma Domme natural. Você será feliz como minha propriedade."

"Estou com vergonha, deusa."

"De que?"

Ele parou por um longo tempo antes de estar pronto para responder:

"De estar nu na sua frente."

"É por isso que você está resistindo?"

"Sim, deusa."

"Não porque você não quer ser minha escrava?"

"Não, deusa."

"Bem, pare de se envergonhar. Eu gosto de você nua e vou mantê-la assim às vezes. É meu direito como sua dona, afinal. Você está fantástica."

"Não, eu não sou, deusa."

Samantha percebeu a certeza em sua voz e sabia que ele falava sério.

Essa era uma defesa mental que ela não havia planejado, não de Paul.

Ele sempre pareceu tão confiante em sua própria pele, e quando eles iam nadar juntos ele sempre parecia incrível, não volumoso, não magro, realmente apenas no ponto ideal.

Seu ponto ideal, de qualquer maneira.

Samantha se acalmou e levou alguns minutos para pensar a respeito.

Sua mente fluiu da maneira especial que fazia quando ele tinha que resolver um problema realmente eletrizante, e ele rapidamente passou por uma avaliação de suas opções.

Livre-se disso: não, é muito cedo para isso.

Mais programação: havia uma defesa que ele não tinha visto chegando, então não funcionaria em sua forma atual.

Ela brincou com a ideia de trancá-lo no pequeno estúdio vazio que ele possuía em uma cidade a muitos quilômetros de distância, para a eventualidade de sucesso parcial: ela poderia fingir que ele fugiu ou teve que voltar para sua cidade natal, ou algo assim. semelhante.

Muito cedo para isso também, e também trazia riscos, como ter que desativar suas cordas vocais e mantê-lo preso.

Então a ideia a atingiu.

Ela tinha até 24 horas antes que as outras colegas de casa voltassem.

Se ela começasse a programar agora, ela poderia criar um novo programa, experimentá-lo e ver se ele o curaria.

Primeiro, ela perguntou a ele sobre quaisquer outras defesas que ele pudesse ter, quaisquer outras reservas, qualquer coisa que ela pudesse pensar que poderia ser um problema.

Não havia nada, apenas um medo avassalador de ficar nu na frente dos outros.

Ela deixou o menino acorrentado à cama, mas o cobriu com um cobertor e foi trabalhar.

CAPÍTULO 5

Três horas suadas depois, depois de muito café e muitos palavrões, ele tinha o básico de um programa pronto para ir com os óculos de realidade virtual e decidiu que era agora ou nunca.

Ele se sentou na cama e embalou a cabeça do menino em suas mãos, então o fez beber uma grande dose do coquetel revelador, mantendo-o complacente e aberto a noite toda.

Isso também o impediria de se mover, mas provavelmente poderia arrastá-lo para seu quarto se necessário, caso um dos colegas de casa voltasse mais cedo.

* * *

Ela colocou os óculos nele, voltou para a mesa e apertou o botão de correr.

Foi basicamente o mesmo show de antes, exceto que agora os quebra-cabeças incluíam fotos e vídeos que ela havia tirado de seu corpo nu, com reforço positivo, algumas sessões de fotos que o mostravam nu e feliz em companhia mista, e uma série de mantras. e juramentos que atacavam as principais características psicológicas da má imagem corporal.

Ele esperava que fosse o suficiente, mas ainda teria tempo de tirá-lo de casa pela manhã, se não fosse.

Samantha inflou um pequeno colchão de ar e o colocou no chão do quarto, depois fechou os olhos e se obrigou a dormir.

Ele precisava apenas de algumas horas de sono, e o programa era longo.

Esse era outro risco calculado: não era possível ajustar o programa à medida que progredia, mas também não era possível monitorar seu progresso em tempo real.

O que ela precisava fazer era confiar em si mesma que seu programa funcionaria e então avaliar os efeitos em algumas horas.

* * *

O alarme a pegou um pouco mais tarde, muito curto, e ela gemeu ao pensar em passar um dia inteiro com tão pouco sono.

Esfregando o cansaço de seus olhos, ele se levantou e examinou seu novo escravo em potencial.

Ele estava completamente imóvel, os óculos ainda presos com firmeza, e pelo grande monitor no canto da sala, ele podia ver que o programa havia quase concluído seu ciclo final.

Ele fez um bom café forte e bebeu, saboreando o aroma enquanto observava o escravo completar a última parte, ele esperava, de sua nova lavagem cerebral.

Quando o show acabou, ele tirou os óculos dela e ela se deitou ao lado de seu corpo acorrentado na cama e acariciou seu rosto.

"Você se importa se eu remover o cobertor para que possamos ver seu corpo completamente nu, escrava?" ela perguntou.

"Eu não me importo, deusa. Por favor, leve isso embora, deusa, eu quero que você me veja. Tudo de mim. Por favor."

Samantha riu e tirou o cobertor.

Paul usou a pouca flexibilidade que tinha nas algemas e se afastou o máximo que pôde do olhar dela.

Samantha riu de novo e começou a correr as mãos pelas laterais dele, barriga e pênis, depois pelas pernas e de volta ao pênis e bolas, deixando seu pênis endurecer em suas mãos.

"Qual é a sensação de estar nua, escrava?"

"Deusa excepcional. Eu me sinto tão liberada, eu só quero ficar assim para sempre, aqui com você."

"Então você não tem medo de ficar pelado?"

"Por que a deusa teria isso? Você me possui e me viu nu, então eu quero ficar nu para você."

"E quanto a outras pessoas?"

"Eu quero isso também, deusa. Para você."

"Tudo bem, escrava, porque um dia isso vai acontecer em breve."

"Sim, por favor, deusa. Sim! Por favor!"

Samantha riu e se perguntou se ela tinha ido longe demais.

Para testar, ela o soltou das algemas, levou-o para seu próprio quarto do outro lado do corredor e ordenou que ele se vestisse.

Ele o fez, uma vez que ela lhe disse exatamente o que vestir, mas agora, se alguma coisa, ele parecia desconfortável em suas roupas.

Ela ordenou que ele parasse de se mexer e, com um treinamento cuidadoso, o levaria ao ponto em que ele pudesse usar as roupas normalmente.

* * *

Samantha deu um pulo e se lembrou do que havia se esquecido de fazer.

Ela correu de volta para seu quarto e ativou o programa rastreador nos telefones e computadores de suas colegas de casa.

Ela então suspirou de alívio quando eles ainda mostravam que estavam separados por centenas de quilômetros.

Ele ainda tinha muito tempo, mas certificou-se de que o alerta soasse quando eles voltassem para Manchester.

* * *

Quando ela voltou ao quarto de Paul, ele estava exatamente onde ela o havia deixado, calmo e feliz, apenas esperando suas ordens.

"Fique nua e me faça o café da manhã, escrava. Ovos mexidos com torradas, café e suco de laranja. E faça algo para você também. E leve para o meu quarto."

"Sim, deusa!" disse ele, parecendo ter prazer em estar nu para ela.

Ele até teve uma meia ereção saltitante enquanto descia as escadas.

CAPÍTULO 6

Samantha o fez se ajoelhar no chão para tomar o café da manhã, depois passou uma hora testando a disposição do menino de se expor.

Ele havia pensado nisso enquanto comia, enquanto seus olhos se deleitavam no belo corpo nu do menino, e agora era um momento tão bom quanto qualquer outro para prová-lo.

"Lá embaixo, na sala de estar, fique na posição de exibição um."

"Sim, deusa!"

Samantha o seguiu, segurando suas câmeras e um tripé, que ela montou para começar a filmar a escrava nua.

"Escrava, diga-me como é estar nua agora."

"Eu me sinto livre, deusa. Meu corpo é lindo e eu adoro quando você olha para mim."

"E se eu estiver filmando você?"

"Eu gosto que você ache que vale a pena filmar."

"Boa resposta, escrava. Agora, ajoelhe-se no chão e se masturbe até o orgasmo enquanto olha para a câmera, e enquanto repete continuamente, 'Eu sou a orgulhosa propriedade nua de Samantha Gibson, e pareço fantasticamente nua.'

"Sim, deusa! Sou propriedade de Samantha Gibson, orgulhosa e nua, e pareço fantasticamente nua. Sou propriedade de Samantha Gibson, orgulhosa e nua, e pareço fantasticamente nua. Eu sou a orgulhosa e nua propriedade de Samantha Gibson, e pareço fantástica nua. Eu sou a orgulhosa e nua propriedade de Samantha Gibson, e estou fantástica nua ..."

Samantha apontou as câmeras para o menino, então tirou a calcinha e entrou no frenesi de prazer que levou a um orgasmo feliz e flutuante enquanto olhava para a escrava.

Ela parecia tão doce e feliz, nenhum traço do constrangimento do dia anterior, e todos os sinais eram positivos.

Ele gozou enormemente também, lançando chumaços de esperma por toda a sala de estar, que sua nova dona o limpou completamente enquanto ela tentava suprimir o riso e se masturbava.

Ela ficou maravilhada quando ele viu o lado engraçado também.

Isso pareceu encerrar o problema.

Ela ficaria de olho nele pelo resto do dia, mas tinha certeza de que a lavagem cerebral tinha funcionado totalmente desta vez.

* * *

"Levante-se, escravo. Vamos ao banheiro tomar banho. Oh, antes que eu esqueça. Limão, Dedal, Seda." O rosto de Paul ficou em branco e seus olhos vidrados sobre a série de palavras-chave de condicionamento. , "Pênis flácido até que eu diga o contrário. Limão, dedal, seda. De agora em diante, estou no controle total do seu pau, como convém ao fato de ser meu. Permitirei que o levante, mas somente quando digo eu. Isso será mais eficaz do que a gaiola da castidade, e completamente imaterial também. "

"Obrigado, deusa", disse Paul.

* * *

A água do banho estava perfeita e Samantha se emocionou com o toque atencioso de sua escrava.

Ele deu a ela sua atenção total e total, e ela relaxou em seu corpo enquanto se inclinava contra ele, deixando-o massagear a tensão que se acumulou no curso do dia intenso e estressante que ela levou para escravizá-lo.

Isso era tudo que ele sempre quis, e ele se perguntou se isso seria o suficiente para escravizá-lo.

Ela poderia se casar com ele, abandonar seus companheiros de casa e viver feliz para sempre.

Mas não.

Ele precisava de uma escrava, pelo menos, e a ideia de possuir um par de meninas que poderiam foder para sua diversão era muito deliciosa para deixar passar.

Tinha que ser todos eles.

Você pode até adicionar mais um ou dois no futuro, embora precise de uma casa maior.

E ela tinha um plano mestre, que dependia de adquirir pessoas com as habilidades certas.

Suas outras colegas de casa estavam estudando medicina e bioquímica, e ela precisava disso para realmente levar a cabo seu plano de negócios de escravidão.

CAPÍTULO 7

As mãos de Paul a trouxeram de volta ao momento.

Ela os levou para seu sexo e se encostou em seu peito.

Seus dedos fazendo seu trabalho debaixo d'água, onde acariciaram seu clitóris e começaram a fazê-la ofegar.

Samantha imaginou um futuro onde poderia ter isso todos os dias.

Oh Deus, ele era bom nisso agora, e de alguma forma conectado ao seu corpo de uma forma que não tinha acontecido no dia anterior.

Ele até a segurou à beira do clímax por um tempo, o que ela nem mesmo disse a ele que queria, antes de empurrá-la para longe e fazê-la gritar com a onda de prazer.

O condicionamento se manteve, e ela sentiu que ele não poderia ficar duro mesmo quando a estava agradando.

Ela sorriu com isso.

"Escravo, saia, seque-se, depois seque-me."

"Sim, deusa."

Quando ele saiu, ela estendeu a mão, sacudiu seu pau mole e riu.

Estava completamente liso e ela corou de um vermelho brilhante.

Ela se deleitou com a sensação de um homem obediente secando seu corpo delicioso e ficou satisfeita por ele fazer isso perfeitamente, com uma intensidade que parecia adicionar a tudo o que ele estava fazendo por ela.

Então ele o levou de volta para o quarto e o colocou de quatro.

Ela desceu as escadas, ainda nua, e pegou as câmeras.

Ela os trouxe de volta e os instalou.

Depois de outra revisão da localização de suas colegas de casa, ela começou a ligar as câmeras e pegou seu menor vibrador.

"Estas são apenas as preliminares, escrava."

Ela o sentou na cama, lubrificou o vibrador e ficou impressionada com o quão bem o escravo reagiu quando ele o empurrou nele sem aviso.

Ele nem mesmo tentou fugir dela.

Obediência total, conforme programado.

Suas mãos se fecharam em torno de seus quadris fortes e ela deixou cada impulso penetrar profundamente nele, e o segurou lá antes de se afastar e bater nele novamente.

Ela usou as palavras de condicionamento para deixá-lo ficar duro novamente, então falou com ele sobre os parâmetros de sua nova vida.

"Escrava, vamos conversar enquanto ... nos divertimos ... nós transamos. Você será minha propriedade até o dia de sua morte. Mais tarde hoje, eu vou assumir o controle de sua vida. Você vai me dar acesso às suas contas bancárias e você vai transferir todo o seu dinheiro para mim. Não preciso, só quero controlar o seu. Vou te dar uma mesada para que você gaste um pouco.

"Ou você vai se casar comigo ou vai assinar uma procuração em meu nome, mas a partir de agora estarei administrando sua vida. A menos que eu revogue esta ordem, você deve agir na presença de outras pessoas de uma forma que nunca revele que estamos envolvidos, que eu sou sua deusa, ou seu dono, ou que eu sou qualquer coisa além de seu colega de casa e amigo. Apenas me chame de 'deusa' quando tiver certeza de que ninguém mais pode ouvir e quando eu tiver ordenado explicitamente que você entre no modo escravo. Vou mudar essa ordem em um uma vez que escravizo mais pessoas.

"Gosto do seu nome e você pode mantê-lo, mas também vou dar-lhe um nome de escravo: Marido da casa. Amanhã você irá para a universidade e abandonará formalmente o seu diploma de matemática. Em vez disso, você se inscreverá para estudar. arte e design - vou pagar por isso e dizer onde se inscrever. Sei que é isso que você sempre quis estudar e preciso dessas habilidades mais do que matemática, então funciona para nós dois. "

"Obrigado, deusa!" respondeu seu escravo.

"Bom menino, marido da casa. Como seu novo nome indica, você vai ficar muito mais tempo em casa atendendo às minhas necessidades a partir de agora. Para começar, você só vai fazer isso quando nossos companheiros estiverem fora e não precisarem voltar para o menos meia hora. Depois que eles forem escravizados, você também pode ser o marido da casa para todos. Estaremos todos mais ocupados estudando e trabalhando do que você. "

"Sim deusa! Obrigado deusa!"

"Oh bom menino. Tão ansioso! Como você gosta de ser fodido na bunda, certo, escravo?"

"Eu amo o seu pau na minha bunda, deusa. Mas dói."

"Isso vai passar, escrava. Apenas respire e aproveite."

"Sim, deusa."

"Você vai ter paus muito maiores do que este, uma vez que eu o esticar corretamente."

"Obrigado, deusa!"

Samantha se concentrou em realmente foder sua escrava.

Este foi outro bom teste para saber se ele era realmente dela, mas na verdade, não havia mais dúvidas.

Eu tinha certeza?

Ela tinha que estar muito, muito segura e não se deixar levar.

Mas ela estava exausta e podia sentir que seu corpo estava prestes a desistir, pois ela enfrentou um limite biológico normal após um dos dias mais intensos de sua vida.

Ela continuou fodendo porque sua escrava precisava e ela também, mas pelo menos ela precisava descansar um pouco.

* * *

O dildo continuou até que seu escravo rosnou de verdadeiro prazer, e ela o fez tocá-la com uma mão para gozar enquanto ela estava dentro dele.

Ela queria que ele associasse o prazer à obediência, e essa era uma das melhores maneiras.

Ela segurou seus quadris e deu um tapa em sua bunda, e ela se forçou a lutar contra o cansaço e continuar até que ele chegasse ao clímax.

O alívio se espalhou quando ele o fez, e ela desmontou e deixou o vibrador cair no chão.

CAPÍTULO 8

A nova proprietária de escravos recuperou seu telefone e verificou o paradeiro de suas colegas de casa.

Eles não estavam viajando de volta ainda, mas teriam que começar logo.

Ela ainda tinha tempo.

O alarme iria acordá-la quando um deles definitivamente se aproximasse de Manchester novamente.

Ele ordenou que Paul se jogasse no chão e se deitasse de frente onde ele estava, apreciando a sensação de seu esperma pegajoso nos lençóis, e então abriu as pernas dela para ele.

"Escrava, lamba minha bunda até eu adormecer."

"Sim, deusa."

Havia algo especial na maneira como Paul a lambeu ali.

Ela tinha uma bunda grande e sabia disso, e ela sentia que ele queria adorá-la tanto quanto ela queria ser adorada.

Eles eram um casal predestinado a se encontrar, ou pelo menos um casal renascido.

Sua língua ficou mais hábil em resposta aos pequenos chutes, gemidos e grunhidos de Samantha, e ela o sentiu experimentar até encontrar a maneira certa de relaxá-la.

Ela adormeceu, uma deusa feliz.

***

E ela acordou assustada.

Ele podia ouvir a voz de Diana abaixo, clara como um sino.

Ela pulou da cama e procurou por Paul.

Não havia sinal dele.

Então sua voz, baixa também.

Merda.

Este foi o fim?

Ele estava dizendo a ela agora o que ela tinha feito com ele?

O que ela deve fazer?

Ele vestiu jeans e uma camisa larga que lhe permitiu esconder a arma de choque na cintura sem mostrá-la.

Então ele abriu a porta do quarto para ouvir.

"E foi então que ele pegou meu telefone e saiu na scooter. Minha porra de telefone! Não posso pagar outro!" ele ouviu Diana gritar.

"Vai ficar tudo bem, Diana", ela ouviu Paul dizer, "Podemos conseguir outro para você. Podemos conseguir um parcelamento ou algo assim. Ei, tudo bem. Tudo bem."

"E meu laptop também tem sido muito estranho. Você acha que pode ter um vírus?"

"Vamos perguntar a Samantha quando ela estiver acordada."

Samantha entrou na sala para encontrar um Paul totalmente vestido sentado conversando com Diana, enquanto o sol da tarde entrava pela janela.

Ele não viu nenhum sinal de que algo estava errado e, quando Diana lhe contou a história do roubo de seu telefone, ele percebeu por que nunca parecia que ele havia voltado para a cidade.

Ela deu a Diana um telefone antigo de sua gaveta de tecnologia e, quando a garota a abraçou com força, Samantha a deixou fazer para resistir a ordenar que Paul a prendesse ali mesmo para que ela pudesse tentar escravizá-la imediatamente.

Samantha deixou a tensão escapar e Paul piscou para ela.

Realmente era tudo dela agora.

SEGUNDA PARTE

43

CAPÍTULO 9

Samantha acordou cedo e desceu para fazer seu próprio café da manhã.

Ela ansiava pelo dia em que Paul, seu marido perfeito, preparasse todas as refeições para ela, mas ela precisava manter o controle.

Ela o havia enviado para seu estudo secreto em outra cidade, para se preparar para o fim de semana em que Diana estaria fora.

Na cozinha, Samantha se surpreendeu ao encontrar Virginia já levantada e preparando o café da manhã.

Se ela tinha planos que Samantha não sabia, isso seria uma complicação.

"Oi, querida", disse Samantha, "este é um começo de dia muito cedo para você, hein?"

"Oh, totalmente, mas eu tenho um ensaio geral para terminar e eu realmente preciso passar algum tempo na academia também."

"Achei que você já tivesse terminado tudo"

"Eu também! Mas cometi um erro desde o início e agora tenho que reescrever tudo, mas estou muito estressado, então vou para a academia primeiro. Vou queimar tudo, você sabe, eu realmente preciso queimar energia."

"Então você não pode passar o fim de semana comigo?" Samantha a interrompeu.

"Oh, Deus, Samantha, sinto muito. Esqueci que tínhamos planos. Oh, merda ..." Virginia parou de falar.

"Ok, querida, ok! Vou te levar para a academia, podemos treinar juntos, e eu vou te trazer de volta e te manter totalmente cafeinada e alimentada hoje enquanto você trabalha naquele ensaio, ok?"

"Oh meu Deus, você é o melhor! Mas, sério, eu sinto muito. Eu queria tanto ser um 'fim de semana com você' garota, mas isso simplesmente me escapou"

"Ok, sim? É uma pena, porém, eu ia mostrar a vocês meu novo jogo que Paul realmente ficou viciado."

"Oh, o que é isso?" Virginia disse, subitamente focada em Samantha com a menção do nome de Paul.

"É um jogo de quebra-cabeça que eu fiz. Quer dizer, não sei se você gostaria também. Tem muita coisa de ciência, se você tentar, poderia me dizer se está tudo bem? No entanto, foi bom que ele tenha tentado .. Ele me ajudou muito a corrigir vários erros e realmente nos deu algo para conversar. Ele pode ser muito tímido, certo? "

"É muito difícil fazê-lo falar!"

"Muito difícil. No entanto, ele é um bom ouvinte."

"Oh sim, é! Eu nunca conheci um cara que ouve tão atentamente."

"Talvez se você terminar seu ensaio mais cedo, você possa tentar o jogo?"

"Mmmm, eu acho?"

"Ou podemos esperar para experimentar até que você precise de uma pausa?"

"Oh sim, isso poderia funcionar!"

"Falaremos sobre isso mais tarde."

"Sim!"

CAPÍTULO 10

Samantha observou Virginia tomar o café da manhã rapidamente e ela comeu o dela com a mesma rapidez.

Eles então pegaram suas sacolas de ginástica e Samantha carregou os dois até lá.

Samantha tinha corrido pela vizinhança com Virginia várias vezes, mas nunca tinha ido à academia com Virginia antes.

Eles haviam decidido tomar um banho rápido e depois ir à sauna antes de correr para casa para que Virginia trabalhasse em sua redação.

***

No vestiário, Virginia surpreendeu Samantha ao se despir completamente na frente dela sem pensar duas vezes, e Samantha decidiu jogar junto ficando nua também.

Ela sabia que tinha o corpo de uma deusa, e demorou entre terminar de se despir e colocar o biquíni, conversar casualmente com Virginia e notar os olhares furtivos que Virginia lhe dirigia.

Isso foi um bom sinal.

Samantha se sentiu atraída pela Virgínia no passado, mas nunca tivera certeza de quão forte era.

Nadar com Virginia confirmou as suspeitas de Samantha.

A garota era louca por ela e por Paul.

Samantha conversou e riu com Virginia na piscina, e Samantha fez questão de deixar Virginia ver suas melhores poses e até deu a Virginia algumas pistas físicas de que ela também poderia gostar dela.

Samantha nadou na frente de Virginia para que Virginia tivesse uma bela visão de seu traseiro perfeito e, para sua alegria, Virginia continuou sugerindo apenas mais algumas voltas, mas insistiu que Samantha ditasse o ritmo indo primeiro.

* * *

Na sauna, Samantha elogiou Virginia por seu lindo corte de cabelo de duende e como seu maiô combinava bem com sua pele.

Virginia retribuiu cada um dos elogios tocando e escovando, então Samantha estava absolutamente certa de que Virginia estava ficando quente e inquieta.

A mente de Samantha estava processando e planejando na velocidade da luz enquanto ela nadava, e ela podia ver várias maneiras de seguir em frente.

"Bem", disse Samantha, "acho que você realmente precisa ir para casa e continuar com aquele ensaio, certo?"

"Oh Deus, eu sei. Lamento estragar nosso fim de semana."

"Não se desculpe, querida, ainda podemos passar um tempo juntos. Foi um ótimo banho. Vamos para o chuveiro?"

"Sim!" Virginia explodiu.

* * *

Samantha conduziu Virginia para fora da piscina e de volta ao vestiário, ficando um pouco mais à frente para que Virginia pudesse ter uma boa visão da bela bunda redonda de Samantha.

Samantha se despiu e puxou a toalha do armário, depois se dirigiu para os chuveiros abertos para ver se Virginia a seguiria.

O coração da futura Senhora batia forte enquanto esperava para ver o que Virgínia faria, e quando ela entrou na área dos chuveiros eles foram recebidos com grandes sorrisos e olhares cada vez mais óbvios.

Samantha demorou para tomar banho, e Virginia também.

Eles conversaram sobre isso e aquilo, as pessoas que conheciam, e Samantha trouxe Paul para a conversa só para ver o que aconteceria.

Virginia mal apreciou o nome no momento em que caiu uma gota.

Ele continuou levando a conversa de volta para Samantha, até que a futura Mestra percebeu que Virginia estava tentando descobrir se ela estava saindo com alguém.

***

No caminho de volta para o carro, Samantha não pôde deixar de notar que Virginia estava inquieta, preocupada e talvez com tesão ao mesmo tempo.

Aquele maldito ensaio estava atrapalhando a sedução de Samantha e, quando chegaram em casa, Virginia pareceu enlouquecer e subiu correndo para o quarto do sótão para trabalhar.

Samantha deu-lhe alguns minutos para se acalmar, depois foi até o sótão com uma xícara de chá e desejou boa sorte a Virginia com sua redação.

"Eu estarei lá embaixo no meu quarto caso você precise de alguma coisa, querida. Qualquer coisa", disse Samantha.

***

Com a porta do quarto fechada, Samantha ligou o computador e executou os comandos para acessar as câmeras ocultas que havia colocado no quarto de Virginia.

Ele observou enquanto Virginia lutava para se concentrar, digitando algumas frases rapidamente em sua redação e depois se levantando da mesa e caminhando até a porta.

Esperando perto da porta.

Começando a abrir ...

Balançando a cabeça e se sentando.

Droga.

CAPÍTULO 11

Samantha decidiu deixar a garota criar um pouco de tensão.

Seria mais fácil para ele se distrair e seduzi-la.

Enquanto isso, ela abriu as câmeras que havia colocado no escritório onde havia escondido Paul.

Conforme solicitado, ele estava completamente nu, sentado no chão com um caderno de desenho, praticando como desenhar a forma humana a partir de imagens estáticas.

Ele não era muito bom ainda, mas estava tentando e ela sabia que ele se destacaria nisso.

Toda a lavagem cerebral que ele fez deu a ele um foco singular.

Uma abordagem singular. Samantha sentiu uma onda de prazer tomar conta dela quando teve uma grande ideia.

Ele colocou a visão da câmera em outro monitor e começou a trabalhar em seu computador em uma versão adaptada de seu jogo de lavagem cerebral em realidade virtual, criado especialmente para a Virgínia.

A coisa boa sobre isso é que ela só precisava do nível 1 para fisgar Virginia, e a garota sozinha continuaria voltando para mais quando ela terminasse sua redação.

Samantha substituiu algumas das sugestões do primeiro nível do programa por uma instrução para se concentrar na tarefa de fazer aquele ensaio e fazê-lo bem.

Ela se deixou como uma mestre de quebra-cabeças e condensou o jogo para que Virginia pudesse sentir algum efeito das sugestões em um curto período de tempo.

Agora, o efeito de configuração do jogo ajudaria Virginia a clarear sua mente e ela veria seu foco melhorar dramaticamente, mesmo que por um curto período de tempo.

Então eu voltaria para mais.

CAPÍTULO 12

Samantha vestiu a roupa mais fina e transparente que era razoável para ela usar em casa, e trouxe outra xícara de chá para o quarto de Virginia.

Os olhos de Virginia quase saltaram das órbitas quando viu como Samantha estava vestida, que perguntou a ela:

"Como está indo o ensaio?"

"Mal."

"Você está estressado, querida?

"Droga, Samantha! Como diabos eu vou fazer isso? Não consigo pensar direito. Estou tão fodido. Foda-se, foda-se."

"Respire, querida. Tudo bem. Estou te dizendo uma coisa, talvez eu tenha algo que possa ajudar. Me dê uma hora, e se você ainda não consegue se concentrar, desça e bata na minha porta. Estará pronto até então."

"O que é?"

"É uma surpresa! Mas é uma espécie de ferramenta psicológica que pode ajudá-lo a focar sua atenção. Eu a uso o tempo todo e isso realmente me ajuda. Isso é tudo que direi, mas não posso prometer que irá ajudá-lo, então você deve tentar se concentrar primeiro. Você consegue, garota! "

Na verdade, o show já estava terminado, mas Samantha achou essa versão mais verossímil, e isso deixou Virginia ainda mais vulnerável ao que iria fazer.

* * *

Cinquenta e três minutos depois, Virginia bateu na porta e Samantha entregou-lhe os óculos de realidade virtual e a fez sentar na beira de sua grande cama de carvalho.

"Este é um jogo projetado para ajudar o jogador a se concentrar na conclusão de tarefas e objetivos. Ele usa quebra-cabeças para melhorar a atenção e fornece dicas visuais e auditivas que ajudam a relaxar a mente. Funcionou maravilhas para mim. Eu o adaptei um pouco para você. Você vai tentar?"

Virginia assentiu em silêncio e colocou os óculos.

O coração de Samantha começou a bater no peito novamente.

Ele se perguntou se Virginia reagiria contra o jogo, se ela entraria em colapso por causa do estresse, se estava assumindo um risco muito grande e só precisava esperar.

Não, isso foi bom.

O nível 1 teve um efeito muito pequeno na mente, e o pior que poderia acontecer é que não funcionasse e, nesse caso, Samantha ou Paul seduziriam Virginia da maneira antiquada para os óculos.

Samantha ficou aliviada quando Virginia relaxou no jogo nos primeiros minutos.

As imagens e sons calmantes foram ideia de Paul, uma ideia que sua mente artística havia fornecido, uma ideia que Samantha sabia que nunca teria sozinha.

Era muito simples para sua mente complexa, mas ela tinha que admitir que era elegante.

Quinze minutos depois, Virginia saiu do quarto de Samantha sentindo-se calma e concentrada, e passou noventa minutos trabalhando sem parar em sua redação, enquanto Samantha mexia em seu código.

* * *

Virginia voltou um pouco mais tarde, relatando que a sensação de concentração havia sumido e parecia um pouco esperançosa, até lamentável.

Samantha fez com que ela se sentasse e aplicou um programa adaptado, com uma baixa dose de lavagem cerebral.

Virginia saiu se sentindo tão preparada mentalmente quanto da primeira vez, mas desta vez ela voltou em uma hora.

"Não funcionou?" Perguntou Samantha.

"Sim! Muito bom no início, mas depois desapareceu mais rápido do que antes. Isso já aconteceu com você?"

"Sim, é normal, estou com medo."

"Foda-se. O que eu faço agora?"

"Bem ..." Samantha disse, então balançou a cabeça.

" O que? "

"Hmmmmm ..."

" Por favor? "

"Podemos tentar o nível 2."

" Qual é a diferença? "

"É mais poderoso e duraria mais, mas quando ele for embora, você se sentirá mais cansado e confuso por um tempo. Acho que devemos tentar o nível 1 novamente. É menos arriscado."

"Não vai desaparecer mais rápido desta vez?"

"Poderia, não sei. Mas provavelmente será. Sim, se eu quiser continuar a ser honesto com você."

"Bem, quanto tempo duraria o nível 2?"

"Normalmente penso em seis ou sete horas para mim, então provavelmente é o mesmo para você."

"Com uma abordagem dessas, eu poderia terminar o ensaio inteiro!"

"Você tem certeza absoluta? Aí você vai bater forte, nem mesmo conseguirá ficar acordado. Vou ter que vigiar você, se estiver tudo bem."

"Sim, ok, você não se importa?"

"Claro que não me importo!"

"Então vamos tentar."

"Muito bom! Nível 2 aqui vamos nós. No entanto, você precisa refazer o Nível 1. Funciona em etapas."

"Claro. Vamos lá!"

"Tão entusiasmado! Coloque isso."

Virginia colocou os óculos de realidade virtual e pegou os controladores que lhe permitiriam resolver os quebra-cabeças.

Samantha fingiu ter uma ideia brilhante e pediu a Virginia uma garrafa de energético para ajudá-la a se manter comprometida com o programa, depois devolveu os cheques.

Como aconteceu com Paul, alguns minutos depois o corpo de Virginia parou e sua respiração desacelerou quando o coquetel hipnótico assumiu o controle.

Samantha fechou as cortinas do quarto e verificou o rastreador no telefone de Diana e os outros que verificaram suas coisas.

Todos no mesmo lugar, a centenas de quilômetros de distância, exatamente onde deveriam estar.

Perfeito.

CAPÍTULO 13

Virginia passou pelo show, completou o nível um e chegou ao nível dois, onde um avatar mais sexy de Samantha começou a guiá-la pelos quebra-cabeças, enquanto as falhas e as drogas abriam a mente de Virginia para sugestões profundas e reprogramação. .

Virginia já estava indefesa o suficiente, mas Samantha estava pronta com sua arma de choque e rohypnol caso as coisas não dessem certo.

O programa que Samantha adaptou manteve muitos dos elementos centrados na mente que Virginia teria desejado, para tornar a garota menos desconfiada, mas eventualmente ela os largou e se transformou em uma pura rotina de lavagem cerebral.

Para estar segura, Samantha deixou Virginia passar pelo segundo nível uma prorrogação completa antes de começar no nível três.

Virginia se contorceu e se mexeu na cama quando o nível três começou, mas problemas audiovisuais especiais eliminaram a última resistência de Virginia.

Samantha estava nervosa e inquieta enquanto se sentava em sua mesa vendo Virginia ser escravizada.

Ela mandou uma mensagem para Paul fechar o estúdio e voltar para casa e, depois de verificar a localização de Diana, Samantha tirou a calcinha e começou a se masturbar lentamente.

Agora ele tinha o dia todo para gozar o quanto quisesse.

* * *

No reality show virtual, uma Virginia indefesa seguiu um avatar nu de Samantha através da paisagem de quebra-cabeças.

A cada um que Virginia encontrava, uma nova parte de sua escrava podia aparecer em sua personalidade.

Baixinho a princípio, depois quase como um grito, Virginia começou a recitar o juramento de escravidão a Samantha, as mesmas palavras que Paul havia dito três meses antes.

Samantha se alegrou.

Ele estava finalmente recebendo o que merecia como um ser superior.

* * *

Samantha observou os sinais físicos enquanto a dopamina inundava o cérebro de Virginia com cada novo quebra-cabeça resolvido, com cada novo aspecto de sua escravidão revelado a ela.

Ele deixou Virginia ficar no programa por um longo tempo e, depois de ter aprendido a lição com Paul, Samantha fez a Virginia uma série de perguntas destinadas a avaliar se havia algo que pudesse torná-la resistente a se tornar uma escrava, assim como ele havia feito. medo de nudez para Paul.

Ao final da série de perguntas, Samantha ficou muito satisfeita por não encontrar nada que pudesse bloquear Virginia.

Sua nova escrava.

CAPÍTULO 14

Samantha subiu na cama e sussurrou no ouvido de Virginia:

"Enquanto você me servir fiel e bem, seu coração ficará feliz e sua mente estará completa. Você agora é minha propriedade. Eu sou o dono do seu corpo, sua mente, sua alma e tudo o que você tem. Eu sou o dono de tudo que você é e de tudo. o que você será. Relaxe em meu serviço. Relaxe em minha propriedade. Relaxe em sua verdadeira natureza, como minha escrava. Relaxe, relaxe, relaxe, por mim. Relaxe. Você agora é meu escravo. Seu único propósito na vida é me servir. "

"Eu sou sua escrava", disse Virginia.

"Boa menina. Tire seus óculos de realidade virtual, levante-se e tire a roupa para mim."

"Sim, senhora", disse Virginia.

Ele cambaleou um pouco, ainda instável por causa das drogas, mas tirou as roupas como ordenado e assumiu uma das posições de exibição que o programa o apresentara.

Samantha deu a Virginia algumas ordens mais detalhadas sobre como ela só agiria como uma escrava quando não houvesse ninguém por perto, exceto Samantha e Paul por enquanto, e sobre como ela iria gradualmente deixar seus outros amigos em sua vida.

Virginia acenou com a cabeça e sorriu.

"Espere aqui, escrava", disse Samantha.

Ele foi ao banheiro e voltou com a toalha de Virginia.

Em seguida, ele fez Virginia deitar de costas na cama grande e abrir as pernas.

Samantha abriu uma gaveta e tirou um kit de depilação, e gostou de aplicar a cera nos finos pelos pubianos castanhos de Virgínia, que nunca voltariam a crescer.

Samantha deu a Virgínia um pedaço de madeira para mastigar, depois fez a garota gritar arrancando a mecha de cabelo com alguns movimentos rápidos.

O novo dono de Virginia acariciou a boceta macia de sua escrava e sorriu.

Sua nova propriedade era perfeita.

"Estique-se na cama e coloque os braços sobre a cabeça", disse Samantha.

"Sim senhora!" Ela respondeu.

Samantha amarrou Virginia à cama e amordaçou a escrava, caso ela ainda tivesse algum impulso da mente livre sobre a qual Samantha havia assumido o controle.

Samantha a deixou lá, voltando para seu computador onde verificou os rastreadores para descobrir que Paul estava de volta, enquanto Diana ainda estava muito, muito longe.

Isso resolveu tudo.

Samantha pulou na cama, depois se jogou no rosto de Virginia e ordenou que ela começasse a lambê-la.

A garota sabia o que estava fazendo e Samantha logo flutuou de felicidade.

Seu plano estava dois terços completo e ela agora possuía uma gatinha pixie perfeita para acompanhar o seu disposto e capaz marido caseiro, Paul.

A língua hábil de Virgínia brincou habilmente com o clitóris de Samantha, e Samantha engasgou e gemeu para manter o orgasmo sob controle o máximo que pudesse.

Ele a golpeou com força e encheu sua mente com luz efervescente e calor, e fez sua pele formigar por todo o corpo.

* * *

Boa menina ", disse Samantha, saltando do rosto de Virgínia," agora levante as pernas e estenda-as. "

A escrava amordaçada tentou dizer "Sim, senhora", mas não conseguiu, e Samantha riu.

Essa garota era muito fofa.

Samantha estendeu a mão para Virginia para mostrar a seu novo escravo que ela obteria tanto prazer quanto lhe dava se apenas obedecesse.

Virgínia levou alguns segundos para suspirar por seu clímax, que continuou por três minutos poderosos até que ela estava completamente exausta.

Samantha achou uma pena que ela teve um orgasmo tão rápido.

Ela queria passar mais tempo explorando o corpo de sua nova escrava.

Ainda assim, ela teve sua vida inteira junta para fazer isso.

CAPÍTULO 15

Samantha perguntou a Virginia mais algumas coisas para verificar se a lavagem cerebral foi concluída.

Ele então ordenou que o escravo preso adormecesse, usando uma palavra de ativação implantada pelo programa de realidade virtual.

Afinal, ele precisava continuar com aquele ensaio, e um cochilo poderoso era o que ele precisava para recompor seu corpo um pouco.

* * *

Paul chegou quando Virginia estava acordando e Samantha fez o menino se juntar a eles na sala.

"Paul, agora você vai agir como um escravo na frente da Virgínia ou na minha frente, ou ambos quando estivermos presentes, desde que não haja ninguém por perto para ver."

"Sim senhora!" ele disse ansiosamente.

"Tire a roupa."

"Sim senhora!"

- Paul, Virginia é superior a você. Quando as ordens dela não entrarem em conflito com as minhas, você as seguirá. Minhas ordens sempre têm precedência. E você deve cumpri-las.

"Sim senhora!"

Samantha sorriu enquanto Virginia observava Paul atentamente da cama.

O menino estava nu tão rápido quanto um raio e estava orgulhosamente em uma posição de exibição enquanto Virginia o olhava e ele fazia o mesmo com ela.

Samantha riu e ficou nervosa.

Ele foi até a Virgínia, acariciou seus cabelos e a soltou.

"Você quer foder o escravo Paul, Virginia?"

"Sim, por favor, senhora!"

"Bem, você ainda não pode. Paul, Virginia tem um ensaio difícil de terminar hoje e amanhã. Você vai motivá-la, de alguma forma. Venha aqui e deixe-me colocá-la em sua jaula de castidade. E não faça beicinho, escrava."

"Sinto muito, senhora."

"Pronto, tudo bem. Virgínia, agora vou desabotoá-la. Depois, você vai usar o banheiro e se limpar, depois irá diretamente para o seu quarto, onde se sentará à sua mesa e escreverá sua redação. Você se concentrará na redação com exclusão de todos outras coisas, exceto ir ao banheiro e comer e beber quando necessário.

"Você tem quatro mil palavras restantes para escrever. Para cada mil palavras que você alcançar, com as quais estiver sinceramente satisfeito, eu lhe darei um número da fechadura de combinação que segura a gaiola de castidade de Paul. Quando o ensaio terminar, eu lhe direi a ordem em que esses números são inseridos. Você então terá permissão para usar gratuitamente o corpo de Paul por duas horas como recompensa. Diana deve voltar por volta das sete horas da noite de amanhã, então se você quiser sua recompensa, com uma janela de segurança, você terá que terminar às quatro horas da tarde de amanhã. Entendeu? "

"Sim senhora!"

"Boa menina. Marido da casa, peça a Virginia e eu um sanduíche gostoso e leve-os lá para cima."

"Sim senhora!"

CAPÍTULO 16

Assim que Virginia estava no andar de cima em seu quarto, escrevendo rapidamente, com Samantha supervisionando-a da cama, a dona da escrava teve tempo para refletir sobre seus planos.

Quando Paul entrou, ela o fez adorar sua boceta e bunda por um tempo, o que a colocou em seu humor mais dominante.

Diana foi seu próximo desafio.

A garota era um bis, e definitivamente uma mudança de simples submissas como Virginia e Paul.

***

Ela tinha certeza de que Diana estava animada com a Virgínia, então o plano era tirar Paul do caminho todos os fins de semana depois disso.

Ele alegaria ter conseguido um emprego em um depósito em algum lugar a alguns quilômetros de distância, trabalhando em turnos de 12 horas.

Isso deixava Samantha livre para dar suas próprias desculpas: pessoas para ver, lugares para estar, pesquisas para fazer, o que deixaria Diana e Virginia sozinhas.

Virgínia receberia a ordem de seduzir Diana, pedindo-lhe que dominasse Diana rapidamente e depois procurando uma maneira de convencê-la a experimentar o programa de realidade virtual.

Samantha achou que poderia ser o suficiente para fazer Virginia implorar que ela agradasse, mas as motivações de Diana eram muitas vezes obscuras para Samantha.

Não havia garantias.

***

Enquanto isso, Virginia estava voando em sua redação.

Ela conseguiu dois números na fechadura de combinação que a mantinham longe do pênis de Paul, e levou apenas três horas para fazê-lo.

Samantha revisou seu trabalho e colocou a garota nua no colo para lembrá-la da importância de uma boa ortografia e gramática em um ensaio formal.

Com hematomas surgindo em sua bunda, ela se sentou para trabalhar.

Samantha fez uma nota mental para se lembrar da facilidade com que a bunda da garota pálida era marcada.

Ela não seria capaz de seduzir Diana até que essas contusões desaparecessem.

* * *

Virginia não terminou o ensaio naquele dia e, depois que todos comeram a refeição que Paul preparou para eles, Samantha colocou Virginia na cama na posição de escravidão e usou fones de ouvido para dar a ela a versão adormecida de seu programa de lavanderia. cérebro, apenas para enchê-la quando ela se levantasse.

* * *

Ele deu a ela outra recarga dos óculos de realidade virtual na manhã seguinte.

A obediente Virginia terminou seu ensaio com horas de sobra e ganhou acesso ao pau de Paul assim que Samantha verificou seu trabalho.

CAPÍTULO 17

Samantha os encontrou no quarto de Virginia.

Ela fez Virginia acorrentar Paul em sua cama, e então a nova escrava brincou com o menino até que ele a fizesse gozar em todo o rosto.

Virginia não perdeu tempo envolvendo um preservativo sobre seu pênis, e quando ela se abaixou para foder a escrava, ela se lembrou de agradecer a sua Senhora pelo privilégio.

Ela, como Samantha adivinhou, era muito bem comportada, parecia uma especialista, e com aquele corpo atlético deu um show a Samantha enquanto fodia Paul até secar.

Depois de gozar, ela voltou a foder com ele uma segunda vez, para deleite visual de Samantha.

TERCEIRA PARTE

65

CAPÍTULO 18

Passaram-se três meses desde o dia em que Samantha escravizou Virginia, e já se haviam passado seis semanas desde que Virginia conseguira seduzir a adorável e curvilínea Diana enquanto os outros companheiros estavam fora.

Samantha revisou os vídeos e gravações que suas câmeras secretas fizeram de Virginia e Diana e instruiu Virginia sobre como construir um perfil psicológico do último alvo remanescente.

Samantha queria usar o lado dominante de Diana para ajudar a controlar seus outros dois escravos e quaisquer aquisições futuras que ela fizesse.

Diana seria um excelente sujeito de teste para descobrir quanta iniciativa ela poderia deixar seus escravos enquanto os fazia se dedicarem desesperadamente a ela.

Claro, ela poderia fazer uma lavagem cerebral poderosa em Diana, transformando-a brutalmente em uma submissa completa e muito feliz.

Parecia uma oportunidade perdida, pelo menos não tentar transformá-la em uma co-domme e uma escrava.

***

O lado dominante de Diana era muito atencioso, não tão duro quanto o de Samantha, pois na única ocasião em que Virginia havia dominado Diana, parecia que sua subpessoa também gostava de um estilo apaixonado de dominação.

Samantha estava trabalhando horas extras montando um programa de lavagem cerebral em RV que mostraria a Diana que ela era escrava de Samantha, mas que nessa escravidão ela teria a oportunidade de dominar e criar outros escravos.

Para esse fim, Samantha fez imagens 3D de Virginia e Paul alegremente, apresentando todos os tipos de formas maliciosas, e trabalhou no show, para sentar ao lado dos segmentos onde Samantha seria apresentada como uma amante para todos eles.

Era um programa complicado, e Samantha queria testar o nível 1 para ver que efeito ele poderia ter sobre Diana.

Diana não seria a mais sábia, já que as partes sexuais do show eram flashes subliminares que ela nunca veria conscientemente, e o resto era um disparate sobre aumentar a confiança.

Samantha deixara Virginia cada vez mais segura ao longo das seis semanas, e Virginia finalmente percebeu a mudança e perguntou a ela sobre isso.

***

De uma picape a oitocentos metros de distância, Samantha observou as câmeras secretas da casa para ver Virginia falar com Diana para testar o programa.

"Bom dia, amor", disse Virginia, entrando no quarto de Diana com uma calcinha fio dental preta.

"Bom dia, Virgínia", disse Diana.

Virginia caminhou até a cama e puxou as cobertas, revelando o corpo nu de Diana.

Virginia segurou os braços de Diana e montou nela.

Eles então se beijaram apaixonadamente enquanto Diana se contorcia contra o aperto de Virginia.

Virginia não desistiu.

Com um sorriso no rosto, ele usou as algemas que Diana mantinha presas à cabeceira da cama para trancar a namorada na cama.

Ele então começou a aquecer a loira explosiva brincando com sua língua.

Virginia saltou da cama e tirou a calcinha, depois enfiou a mão na gaveta da mesinha de cabeceira de Diana e tirou o vibrador que mantinha ali.

Samantha assistia do caminhão enquanto Virginia dava a Diana uma foda forte, mas sexy, com muitos beijos apaixonados e palavras de elogio à bela 'escrava' Diana.

Virginia se certificou de que os dois tivessem um orgasmo de alguma forma coincidente, então puxou Diana para fora das algemas e se arrastou para a cama para se aninhar ao lado dela.

"Você sempre foi tão bom em domar?" Perguntou Diana.

"Não! Eu tenho uma arma secreta agora!" Virginia disse

"Intrigante. Você quer dizer o vibrador?"

"Não, nada tão óbvio. Adivinhe novamente."

"Aquelas calças sexy que você costumava usar antes?"

"Isso não! Bah. Então você não está na linha certa."

"Você andou lendo um livro?"

"Hum, não, não realmente. Acho que você está ficando um pouco quente."

"Você tem assistido a vídeos instrutivos?"

"Ooh, mais perto, muito mais perto. Mas não isso."

"Podcasts?"

"Mais frio".

"Me rendo!"

"Estou jogando um jogo de construção de confiança que Samantha fez para mim, com aqueles óculos de realidade virtual que ela e Paul estão sempre jogando."

"Entediante", disse Diana.

"Eu também pensei, mas é muito divertido. Quer tentar?"

"Você não vai falar sério?"

"Não custa nada tentar. Para mim eeeeeeeee? Pleaseorrrr?"

"Uhmm ..."

"Chega, por favor, com açúcar por cima?"

"Não sei."

"Vou usar meu antigo uniforme escolar se você usar, o que você mais gostar."

Diana tossiu, pensou a respeito, depois encolheu os ombros.

"Sim, tudo bem, você conseguiu. Vou jogar seu jogo bobo por quinze minutos, se você usar o uniforme e a calcinha de colegial o dia todo até Samantha voltar."

"Trinta minutos?"

"Vou fazer você pagar uma multa."

"Tudo bem, amor. Agora eu volto ..."

CAPÍTULO 19

Virginia voltou alguns minutos depois com seus óculos de realidade virtual e seu antigo uniforme escolar, que Samantha só vira pelas câmeras da casa.

Ele poderia consertar isso uma vez que escravizassem Diana.

Samantha teve que reduzir o fôlego ao ver Diana tirar os óculos e colocá-los.

Ele podia monitorar remotamente o show de um dos laptops da van, e ele até pensou que Diana parecia estar bastante interessada nisso.

Ela resolveu os quebra-cabeças em um tempo super rápido, mas fiel às suas ordens, Virginia a fez repassar o show repetidamente por trinta minutos inteiros.

Era uma rotina padrão de construção de confiança, muitos reforços positivos e alguns flashes subliminares que associavam positividade com imagens de Samantha dominando seus três companheiros de casa renderizados em 3D.

Ao mesmo tempo, o show ativou algumas das tendências dominantes de Diana.

Samantha observou e observou.

Ele tinha um ótimo programa para desencadear tendências submissas, mas hoje ele iria mostrar se ele poderia construir um que tornaria alguém dominante e sugestionável ao mesmo tempo.

O teste de domínio viria primeiro.

Já sem os óculos, Diana se levantou e olhou para uma Virgínia sorridente, sentada ao lado da mesa onde um computador rodava o programa de realidade virtual.

Na van próxima, Samantha agarrou os cantos de seu laptop enquanto observava e esperava.

* * *

Diana foi até Virginia, levantou-a, segurou as mãos de Virginia atrás das costas e beijou-a.

Diana parecia não conseguir se controlar, e logo suas mãos estavam no corpo de Virginia, puxando-a de um lado para o outro, ao redor da sala.

A loira empurrou Virginia de joelhos, então a pegou pelos cabelos e a fez comer sua buceta até que seu amante a fizesse gozar.

"Boa menina, Virgínia", disse Diana.

"Obrigada, senhora", disse Virginia.

"Eu criei algumas novas regras para você, enquanto você estava de joelhos servindo-me. Quer ouvi-las?"

"Umm, sim, amante?"

"Boa menina. Você é uma coisa muito bonita. Olhe para mim enquanto eu te conto. Regra 1 - desde que seja só nós na casa, você está proibido de usar calcinha. Regra 2 - Eu direi de antemão quando eu quiser me submeter, caso contrário, apenas suponha que estou me dominando e me trate como tal. Regra 3, quando você entrar em meu quarto, você beijará meus pés para me cumprimentar, depois se ajoelhará no chão com as pernas abertas até que eu lhe diga o que fazer.

"Sim senhora!"

"Boa menina. Agora levante-se da cama para que eu possa te foder como a colegial com tesão que você é no fundo."

"Sim senhora."

* * *

Samantha tinha que dizer que o show certamente parecia ter aumentado as tendências dominantes de Diana.

Ele assistiu nos monitores enquanto a garota loira dominava Virginia com uma intensidade que ele nunca tinha visto, e ele continuou a assistir enquanto Diana levava Virginia além de tudo que eles haviam feito juntos antes.

Era como se ela ainda estivesse olhando para a mesma pessoa, mas focada e purificada de uma forma mais única, sem tanto ruído mental para distraí-la.

CAPÍTULO 20

Samantha deixou que continuassem por algumas horas, até que os viu fazer uma pausa.

Ele aproveitou a oportunidade para mandar uma mensagem de texto para os dois, dizendo que chegaria mais cedo.

Ela esperou até ter certeza de que tinham visto a mensagem de texto, então deu-lhes dez minutos para ficarem decentes rapidamente, antes de estacionar o caminhão algumas ruas e caminhar de volta para a casa.

Suas mãos tremiam quando ela abriu a porta e foi vista por Virginia, que estava assistindo televisão na sala de estar.

Diana estava lá em cima em seu quarto.

Sentada no sofá, Samantha tentou o primeiro de seus truques para ver se Diana estaria mais inclinada a seguir suas instruções.

Ela mandou uma mensagem para ele sair com eles na sala de estar, apenas uma mensagem simples, uma instrução que poderia ser tomada como uma sugestão amigável.

Diana desceu correndo as escadas e deu um abraço em Samantha, juntando-se a eles para uma sessão em frente à televisão.

Por enquanto, tudo bem.

***

Samantha testou a situação.

Ela apimentou a conversa com instruções e sugestões, fazendo com que Diana mudasse o canal, o volume, fizesse bebidas, comesse, mudasse para outro assento e até fosse à loja comprar mais leite quando acabassem.

Samantha também fez o suficiente para amenizar suas possíveis suspeitas, mas, em sua mente, o experimento fora um verdadeiro sucesso.

Para evitar que Diana tivesse tempo de refletir sobre seu comportamento, Samantha deu uma desculpa para que ela tivesse que sair novamente por algumas horas e ordenou que Virginia fizesse uma petição a Diana quantas vezes pudesse.

CAPÍTULO 21

Mais quatro semanas se passaram antes que Virginia conseguisse convencer Diana a tentar o nível 2 do programa.

Quando colocou os óculos, bebeu a bebida energética estimulante, agarrou os motoristas e completou o nível 1, Samantha dirigiu a van o mais perto de casa que ousou e caminhou o resto do caminho a pé, quase correndo de excitação.

Ele entrou na casa e subiu as escadas.

Então ele esperou até que Virginia lhe desse permissão, o que significava que ela havia acorrentado a indefesa Diana à cama.

Samantha entrou no quarto escuro, onde a obediente Virgínia havia fechado as cortinas antes, e olhou para a garota loira de pernas abertas na cama, óculos de realidade virtual e um controlador ainda em cada mão, com espaço suficiente para mova-se mesmo com as correntes que a prendiam à cama.

Samantha mandou Virgínia buscar comida, depois mandou a garota se despir e se ajoelhar no canto, caso precisasse.

Ela também chamou Paul para sua casa, e ele se juntou a eles no pequeno quarto para assistir o último habitante de sua casa se tornar.

***

Samantha esperou em um silêncio tenso até que ela pensou que Diana estava pronta para ir para o nível 3.

Ela havia passado por um programa de nível 2 por muito mais tempo do que qualquer um dos outros.

Foi preciso dar a ele toda a oportunidade de resolver quebra-cabeças com uma versão sexy e submissa da Virgínia.

Em seguida, outro teste com um avatar dominante de Samantha vestida de couro.

Samantha não estava totalmente feliz com a forma como Diana respondeu ao manual de nível 2 com seu próprio avatar.

Houve mais hesitação do que seria conveniente, e tentou-se acalmar para tentar pensar em como consertar.

Trazer Diana ao nível 2 novamente significava que ele teria que recarregá-la com mais das drogas hipnóticas que abririam sua mente para a lavagem cerebral.

No entanto, muitas dessas drogas seriam muito perigosas.

E colocá-lo diretamente no nível 3 corria o risco de rejeição parcial ou total.

Isso poderia lhe dar muito rohypnol e fazê-lo esquecer, com sorte, o que tinha acontecido, mas isso era perigoso.

Ou ele poderia usar a força bruta e continuar sujeitando-a a mais e mais lavagem cerebral até que ela desabasse.

Samantha lutou para decidir e olhou para Virginia no canto da sala.

Por que Diana não poderia ser uma conversão fácil como a adorável Virginia tinha sido?

Para sua surpresa, a ninfa nua ergueu a mão para pedir permissão para falar.

"Vá em frente, escrava", disse Samantha.

"Senhora, acho que posso ajudá-la a relaxar e abrir sua mente."

"Como?"

"Se eu falar com ela, adore-a e tente convencê-la de que ela ainda pode me ter se você a tiver, isso pode ajudar."

"Você quer dizer falar com ela na vida real?"

"Sim senhora."

"Não está no show?"

"Sim senhora."

"Então, você vai assimilar palavras e sensações em seu estado sugestivo, mas com um vetor de ataque diferente. Vamos tentar por meia hora no nível 2 e depois no nível 3 por meia hora. Se você não obtiver resultados, é hora de rohypnol e você pode convencê-la de que foi tudo um sonho febril. Paul, traga a tesoura e me ajude a cortar as roupas dela, e Virginia, prepare-se para começar. "

"Sim, senhora!" Eles disseram em uníssono.

* * *

Virgínia nua deitou-se entre as pernas de Diana e começou a acariciar sua boceta.

Ela falou com confiança, em um tom maravilhoso e amoroso, de como sua nova dona, Samantha, os deixaria ficarem juntos, deixaria Diana dominar Virgínia com todo o seu valor e não exigiria nada além de obediência apaixonada e amorosa em troca.

Samantha não conseguia ver como uma abordagem tão anticientífica faria desequilibrar a balança, mas estava disposta a tentar.

Não houve mudanças para começar, mas Samantha manteve Virginia em movimento, tentando novas maneiras de explicar os méritos da escravidão com uma casa com duas submissas puras.

Até dez minutos depois, Samantha notou que o pulso de Diana diminuiu e sua respiração acelerou e ela parecia menos inquieta e mais ansiosa.

Ela acenou com a cabeça em encorajamento para Virginia, que convenceu Diana a lentamente começar a aceitar a lavagem cerebral.

Se o resultado bem-sucedido poderia ser alcançado porque Virginia era realmente atraente para seu amante, ou porque a última das defesas de Diana finalmente havia sido superada, Samantha não tinha certeza.

Samantha pensou por alguns segundos, então arriscou.

Agora era a hora certa.

Ele colocou Diana direto no nível 3 e observou seu corpo tremer enquanto os óculos de realidade virtual se conectavam a seu cérebro e a abriam para uma lavagem cerebral.

O nível 3 para Diana foi uma mistura de quebra-cabeças terminando em cenas de Diana se submetendo a Samantha, ou dominando Paul ou Virginia, cada um com massivos ataques induzidos por dopamina, mas mais intensos do que quando Samantha testou o programa de dominância em si mesma. .

Samantha pediu a Diana que percorresse o longo programa de Nível 3 e, em seguida, deu-lhe mais da bebida energética misturada com hipnóticos.

Ela vinha monitorando o progresso de Diana e foi encorajada pelo que viu.

Ela quase teve os escravos que merecia, e a ideia a estava deixando incrivelmente molhada.

Com a ajuda das palavras e da língua de Virginia, Diana relaxou no processo e seguiu em frente, mas Samantha queria ter certeza.

Absolutamente seguro.

Ele imediatamente colocou Diana no nível 3 novamente, arriscando-se a levar a garota muito longe no estado hipnótico.

Vale a pena ter certeza, e Diana tinha uma mente forte.

Ela iria se recuperar.

CAPÍTULO 22

Quando a segunda execução do nível 3 finalmente terminou, Samantha fez a Diana todos os tipos de perguntas sobre seu novo status e qualquer coisa que pudesse atrapalhar sua escravidão total.

Ela exauriu todas as vias de investigação em que ela e seus escravos podiam pensar, eventualmente libertando Diana da cama, mas a manteve acorrentada amarrando suas mãos e pés com apenas um pequeno espaço para se mover.

Samantha observou com um olhar crítico enquanto Virginia e Paul limpavam Diana, e quando Diana olhou diretamente nos olhos de Samantha e lhe agradeceu sincera e apaixonadamente pelo uso dos outros dois escravos de Samantha, seu coração deu um salto.

Samantha depilou a boceta de Diana, então levou a loira acorrentada para seu próprio quarto e fez amor com ela com um dildo até que sua nova boceta macia fosse bem fodida.

Samantha acorrentou Diana e Virginia à cama e deu a Paul um estimulante para mantê-lo acordado, para que ele pudesse ficar de olho nelas enquanto ela dormia.

* * *

De manhã, ela fez Paul ficar de olho nela enquanto ela libertava Diana e a deixava dominar a Virgínia, o que foi fabulosamente bem.

Em seguida, outra rodada de lavagem cerebral e mais alguns testes e Samantha se convenceu.

Diana era dela.

EPÍLOGO

Seis meses depois ...

Samantha tocou a campainha que estava em sua mesa e, alguns segundos depois, Paul entrou correndo e ficou parado junto à porta dela com as mãos atrás das costas.

O tempo tinha esfriado nesta época do ano, e embora Samantha pudesse pagar todo o calor que desejasse, ela decidiu vestir parcialmente sua escrava.

Ele usava uma camisa e uma jaqueta de mordomo na metade superior de seu corpo, e leggings elásticos transparentes na metade inferior que mostrava sua pele lisa e seu pau escravizado.

Ele teve todos os seus pelos púbicos removidos quando seu medo de exposição passou e ele frequentemente ordenava que ele usasse os chuveiros públicos após suas braçadas na piscina do ginásio para se certificar de que todos os outros homens pudessem ver seu pênis e bolas sem pelos. .

Ele disse a ela que isso o fazia corar todas as vezes.

"Marido da casa, seja um ser amoroso e me traga uma xícara de chá. Veja se a Sra. Diana e a Sra. Virginia também querem alguma coisa."

Ela ouviu Paul, a quem ela cada vez mais considerava o marido da casa, respeitosamente perguntou aos seus superiores se poderia conseguir alguma coisa para eles.

Samantha podia vê-los em seus monitores, trabalhando duro e estudando o máximo que podiam, assim como ela havia ordenado.

Diana usava um espartilho preto, meias, suspensórios e roupas íntimas combinando, enquanto Virginia usava um vestido transparente e nada mais.

Samantha e Diana concordaram em nunca deixá-la usar calcinha dentro ou fora de casa, nunca mais.

Virginia fez beicinho, mas eles logo passaram.

Quando o marido voltou com o chá de Samantha, ele fez uma pequena pausa para beber com ele debaixo dela comendo-a em sua cama.

E quando ele veio, ele se alegrou com a sensação de paz de superioridade absoluta que sentia cada vez que entrava pela porta da frente de sua casa.

Seu telefone tocou com o tom de uma mensagem e ele se abaixou do rosto de seu escravo, enquanto seu coração disparava enquanto ele se perguntava se era a mensagem que estava esperando.

Ele disse:

'Posso ir hoje, S? Eu poderia finalmente tentar aquele jogo sobre o qual você sempre me deixa curioso. R'.

Samantha reuniu seus escravos e os fez vestir roupas humanas normais.

Ela tinha ficado com um pouco de ciúme de quão próximas Virginia e Diana eram, mas ela nunca quebraria um amor como o deles, então ela tinha procurado um para si mesma.

Outra garota sem família, uma pura submissa que bebia de cada palavra de Samantha, havia entrado devidamente em sua vida após uma extensa busca.

Parecia que hoje seria o dia em que Samantha finalmente completaria sua casa.

FIM

www.ingramcontent.com/pod-product-compliance
Lightning Source LLC
Chambersburg PA
CBHW060448160726
47992CB00003B/1130